Anaïs .D

D1424239

Catalogage avant publication de Bibliothèque et Archives nationales du Québec et Bibliothèque et Archives Canada

Badger, Meredith

    Camp de torture

    (Go girl!)

    Traduction de : Camp Chaos.

    Pour les jeunes.

    ISBN 978-2-7625-9037-1

    I. Oswald, Ash. II. Ménard, Valérie. III. Titre. IV. Collection: Go girl!.

PZ23.B32Ca 2010   j823'.92   C2010-941120-X

Tous droits réservés. Aucune partie de cette publication ne peut être reproduite, transmise ou mise à disposition dans une base de données sans la permission écrite de l'éditeur ou, en cas de photocopie ou autre reproduction, sans une licence de COPIBEC (Société québécoise de gestion collective des droits de reproduction) qui peut être obtenue à l'adresse Internet www.copibec.qc.ca, ou en téléphonant au 1 800 717-2022.

Camp Chaos de la collection GO GIRL!
Copyright du texte © 2005 Meredith Badger
Maquette et illustrations © 2005 Hardie Grant Egmont
Le droit moral de l'auteur est ici reconnu et exprimé.

Version française
© Les éditions Héritage inc. 2010
Traduction de Valérie Ménard
Révision de Ginette Bonneau
Infographie : D.sim.al/Danielle Dugal

Nous reconnaissons l'aide financière du gouvernement du Canada par l'entremise du Programme d'aide au développement de l'industrie de l'édition (Padié) pour nos activités d'édition.

Gouvernement du Québec – Programme de crédit d'impôt pour l'édition de livres.

Camp de torture

PAR
MEREDITH BADGER

TRADUCTION DE **VALÉRIE MÉNARD**
RÉVISION DE **GINETTE BONNEAU**

ILLUSTRATIONS DE
ASH OSWALD

INFOGRAPHIE DE **DANIELLE DUGAL**

Chapitre
* un

— OK tout le monde, crie M. Parenteau par-dessus le vacarme. Il ne vous reste que 10 minutes pour résoudre 10 équations.

Sophie soupire.

C'est le plus long cours de maths de *toute* sa vie. Normalement, Sophie adore le cours de maths. Mais aujourd'hui, elle n'arrive pas à se concentrer.

— J'aimerais que la cloche sonne maintenant, murmure-t-elle à son amie Alicia.

— Moi aussi ! répond Alicia. Je dois ter-
miner mes bagages pour demain.

Sophie trépigne d'impatience. Demain,
ils partent en excursion scolaire. Ils se
rendent au bord d'un lac pour y faire du
canot. Mais le plus excitant, c'est qu'ils
passeront la nuit là-bas !

— Ce serait mieux si seule notre classe
y allait, affirme Marie, qui est assise
près d'elles. Les élèves de la classe de

J'ai vraiment hâte de faire du camping !

Mme Trudel sont vraiment snobs. Je doute qu'ils aiment faire du camping !

— Ils vont probablement se mettre à paniquer à la simple vue d'une tache de boue ! se moque Alicia.

Sophie ne sait pas quoi répondre. En fait, elle a déjà été dans la classe de Mme Trudel. Elle a commencé l'année avec ces élèves et elle a appris à les connaître. Sa meilleure amie, Mégane, est d'ailleurs dans la classe de Mme Trudel.

Sophie et Mégane ont toujours pensé qu'elles finiraient l'année ensemble. Mais, il y a deux mois, les professeurs ont décidé de changer certains élèves de classe. Sophie s'était demandé si elle devait être excitée ou terrifiée lorsque Mme Trudel lui avait annoncé qu'elle faisait partie de ceux-là. Elle a dû ressentir les deux émotions à la fois. Tout le monde, dans la classe de Mme Trudel, disait que les élèves de la classe de M. Parenteau étaient grossiers et méchants.

— «Les garçons attrapent des mouches, puis ils les mangent!» avait rapporté Mégane en faisant la grimace.

— «Les filles se suspendent au module à grimper même lorsqu'elles portent des robes, avait observé Juliette. Ça ne les dérange pas que les autres voient leurs sous-vêtements.»

— Et en plus, «M. Parenteau crie sans arrêt», avait entendu dire Clara.

Le cœur de Sophie battait la chamade la première fois qu'elle est entrée dans la classe de M. Parenteau. Celui-ci se tenait debout à l'avant de la classe. Il regardait le tableau d'un air interrogateur. Lorsqu'il a aperçu Sophie, il s'est retourné et lui a souri. C'était un large sourire amical qui a complètement changé l'apparence de son visage.

— Bonjour Sophie, a-t-il dit. Bienvenue dans notre classe ! Il y a une place libre à côté d'Alicia. Elle va pouvoir t'aider à t'installer.

Sophie avait déjà vu Alicia dans la cour d'école. Elle était grande et musclée, et elle pratiquait souvent des sports sur l'heure du dîner. Elle avait des bleus sur les genoux, et ses vêtements étaient toujours tachés d'herbe.

— Elle est tellement brusque, avait un jour commenté Mégane au moment où Alicia passait devant elles.

Sophie avait approuvé de la tête. Alicia pouvait effectivement paraître un peu brusque, mais elle avait toujours l'air de s'amuser.

Sophie n'aurait peut-être jamais commencé à parler à Alicia si elle n'avait pas fait une faute d'orthographe le premier jour où elle a été dans la classe de M. Parenteau. En fait, en cherchant sa gomme à effacer, elle s'était rendu compte qu'elle l'avait oubliée chez elle. Sophie ne savait pas trop quoi faire. Si elle avait encore été dans la classe de Mme Trudel, elle aurait demandé à Mégane ou à Juliette de lui prêter la leur, mais elle ne connaissait personne dans sa nouvelle classe.

Elle s'est soudainement sentie très seule.

Puis, quelqu'un lui a tapé sur l'épaule. C'était Alicia qui lui tendait sa gomme à effacer.

— Tiens, a-t-elle dit avec gentillesse. Tu peux utiliser la mienne. Ne te gêne pas pour m'emprunter tout ce dont tu as besoin.

Oh, non!

Sophie a regardé Alicia dans les yeux pour la première fois. Ses yeux étaient bruns et accueillants, et des fossettes apparaissaient sur ses joues. Sophie a pris la gomme à effacer. Elle avait la forme et l'odeur d'une fraise.

— Merci, a répondu Sophie en souriant à Alicia.

À partir de ce jour, Alicia et Sophie sont devenues les meilleures amies du monde. En fait, elles sont amies dans la classe. Sur l'heure du dîner, Sophie va cependant toujours retrouver Mégane.

— Tu ne t'ennuies pas avec Mégane ? lui avait un jour demandé Alicia.

Sophie avait haussé les épaules.

— Parfois, avait-elle répondu.

Les filles de la classe de Mme Trudel avec lesquelles se tenait Sophie aimaient lire des magazines et bavarder. C'était bien, mais elle avait aussi parfois envie de passer du temps avec les nouvelles amies qu'elle s'était faites dans la classe de M. Parenteau.

Au retour du dîner, elles entraient toujours dans la classe en riant à propos d'un nouveau jeu qu'elles venaient d'inventer. Sophie avait envie de se joindre à elles de temps à autre.

Si bien qu'un jour Sophie a décidé de passer l'heure du dîner avec Alicia. Elle s'est bien amusée, et elle a même imaginé un jeu qui, selon Alicia, était le meilleur auquel elle avait jamais joué. Mégane était très fâchée contre elle.

— Préfères-tu Alicia à moi? avait-elle demandé.

Sa voix était bizarre, comme si elle était sur le point de pleurer.

— Bien sûr que non, avait répondu Sophie.

Elle voulait lui expliquer qu'elle les aimait toutes les deux, mais elle n'était pas certaine que c'était ce que Mégane avait envie d'entendre.

Ça semblait avoir rassuré Mégane.

— Je suis tellement heureuse d'être celle que tu préfères! lui avait-elle dit en la serrant dans ses bras.

Par la suite, Sophie n'a plus passé une seule récréation du midi avec Alicia, même si celle-ci le lui proposait tous les jours. C'est curieux. Sophie a souvent souhaité être amie avec un tas de gens. Mais au bout du compte, ce n'est peut-être pas ce qu'il y a de mieux.

Chaque fois que Sophie a l'occasion de faire un vœu, elle souhaite toujours la même chose — que ses amies s'entendent bien. Ce serait tellement plus simple ainsi.

Chapitre
deux

La cloche sonne enfin. Le cours de maths est terminé. Tout le monde commence à parler et chacun range ses effets. M. Parenteau doit crier pour se faire entendre.

— Soyez ici à 8 h demain matin. Si vous êtes en retard, nous partirons sans vous !

Sophie se promet d'être arrivée à 7 h 30.

— Veux-tu rentrer à la maison avec moi ? demande Alicia.

— Je dois rejoindre Mégane devant l'entrée principale, explique Sophie. Nous pourrions peut-être marcher ensemble toutes les trois ?

— Non, ça va ! s'empresse de répondre Alicia. Je viens de me rappeler que j'ai quelque chose à faire. On se voit demain !

Sophie soupire.

Pourquoi ses amies ne font-elles pas un effort pour apprendre à se connaître?

Mégane l'attend en effet devant l'entrée principale. Elle porte un nouvel ensemble aujourd'hui, ce qui n'étonne pas Sophie — son amie a souvent des vêtements neufs. La mère de Mégane travaille pour un magazine de mode et elle lui rapporte toujours des accessoires cool. Pas seulement des vêtements, d'ailleurs, mais aussi des CD, des affiches promotionnelles et du vernis à ongles.

Sophie n'a cependant jamais été jalouse d'elle, car Mégane est généreuse. Elle a donné plusieurs CD à Sophie, de même que des vêtements. Mais pour une raison qu'elle ignore, les vêtements sont plus beaux sur Mégane que sur elle.

Mégane est le type de fille qui fait tourner les têtes. C'est peut-être à cause de ses longs cheveux foncés ou de ses cils recourbés, peut-être aussi à cause de son sourire. C'est probablement un mélange de tout cela.

Quand Sophie enfile les vêtements de Mégane, elle a l'impression d'être une petite fille qui essaie de s'habiller comme une adulte. Mais lorsque c'est Mégane qui les porte, elle ressemble à ces mannequins photographiées dans les magazines de sa mère.

Aujourd'hui, Mégane a mis un jean dont les rebords sont retournés, une veste rose et une casquette à carreaux. Sophie sait que la casquette ne lui irait pas bien, mais Mégane la porte à merveille. Sous la casquette, par contre, le visage de Mégane n'a pas l'air content du tout.

— Je ne veux pas faire cette excursion scolaire stupide, se plaint-elle tandis qu'elles se mettent à marcher.

— Et pourquoi? demande Sophie, le cœur serré.

Elle a le sentiment de ne jamais trouver les bons mots lorsque Mégane est de mauvaise humeur.

— Il fera froid et ce sera terrible, répond Mégane. Mme Trudel dit qu'il n'y a pas de courant!

— Il paraît qu'il n'y a même pas de douches, ajoute aussitôt Sophie.

Mégane la regarde, scandalisée.

— Pas de douches ? C'est répugnant !

En fait, Sophie est amusée par le fait qu'il n'y ait pas de douches. Personne ne remarquera qu'elle sent mauvais si tout le monde sent mauvais !

— Ce ne sera pas si pire, dit-elle en essayant de remonter le moral de Mégane. C'est comme dans la télésérie *Perdus* !

— C'est ce qui m'effraie, répond tristement Mégane.

Soudain, Sophie se rappelle une chose qu'a mentionnée M. Parenteau et qui réjouira certainement Mégane.

— Il y aura une fête avec de la musique, souligne-t-elle.

Ça a fonctionné.

— Pour vrai ? s'écrie Mégane, qui retrouve tout à coup son sourire. Ce ne sera pas si pire, dans ce cas.

Sophie croit savoir pourquoi Mégane a soudainement changé d'avis. Elle s'imagine qu'elle va danser avec Justin Houde.

Justin a des cheveux blonds hérissés et les yeux verts. Plusieurs filles ont le béguin pour lui, mais pas Sophie. Elle trouve que c'est une petite peste.

Philippe Leroux est probablement la seule personne qu'elle connaisse qui soit plus désagréable que Justin.

— À demain ! dit Sophie lorsqu'elles arrivent devant la maison de Mégane.

— Bye. N'oublie pas les collations ! La nourriture ne sera pas bonne. Que des raisins secs et des choses comme ça, ajoute Mégane en faisant la grimace — elle déteste les raisins secs.

— OK, répond Sophie. Et ne t'inquiète pas à propos de l'excursion. Je suis sûre qu'on aura du plaisir.

Mégane soupire.

— Je suis contente que tu penses comme ça, affirme-t-elle, car moi, je n'en suis pas si certaine.

Au fond d'elle-même, Sophie n'en est pas si certaine non plus.

Chapitre *trois*

Puisque c'est la dernière moitié du mois, Sophie habite avec son père. Elle vit avec sa mère les deux premières semaines. Cela signifie qu'elle possède tout en double : deux brosses à dents, deux lits, deux commodes. Elle doit cependant apporter ses vêtements chaque fois qu'elle change de maison.

— Bonjour papa ! crie Sophie en ouvrant la porte.

— Bonjour mon petit monstre, lui répond son père.

Son père l'appelle toujours son petit monstre.

— Vas-tu travailler avec moi cet après-midi ? demande-t-il.

Son père est illustrateur et il travaille à la maison. Sophie aime bien s'installer sur le sol de son studio pour dessiner pendant qu'il crayonne à son bureau.

— Je ne peux pas aujourd'hui, déclare Sophie. Je dois faire mes bagages !

Elle y arrive en peu temps. Sophie est maintenant une experte en préparation de bagages.

Brosse à dents. Pâte à dents. Brosse à cheveux. Imperméable. Bottes de pluie. Bas chauds. Sous-vêtements. Chandail. Veste.

T-shirt avec un chat à l'avant. Pyjama. Sac de couchage. Oreiller.

Il reste même un peu de place dans le sac.

Juste assez d'espace pour un sac de croustilles !

Sophie se dirige dans la cuisine pour voir s'il y en aurait dans le garde-manger. Son

père ne lui permet pas souvent de manger des friandises. Elle doit donc être discrète. Il est en train de couper des légumes pour le souper.

— Tu viens me donner un coup de main ? demande son père sans lever les yeux.

— Je vais t'aider dans une petite minute, répond Sophie.

Elle ouvre doucement la porte du garde-manger.

Excellent ! Elle aperçoit un gros sac de croustilles sur une tablette.

Le sac produit un bruit de froissement au moment où elle le saisit. Sophie tousse pour camoufler le son.

Son père lève la tête tandis que Sophie cache le sac derrière son dos.

— As-tu attrapé un rhume ? l'interroge son père d'un air inquiet.

— Non, j'avais un picotement dans la gorge, le rassure Sophie.

Elle se sauve ensuite dans le couloir en se retenant de rire. Elle a pour une fois réussi à déjouer son père !

— En passant, crie son père, j'ai acheté des croustilles pour ton excursion scolaire ! Elles sont dans le garde-manger.

Sophie s'immobilise et râle.

Comment son père fait-il pour toujours savoir ce qu'elle fait ? C'est vraiment étrange.

Après s'être occupée de ses bagages, Sophie va aider son père à préparer le souper. Ils mangent des pâtes, et c'est Sophie qui doit veiller à ce que les spaghettis ne collent pas.

Sophie réfléchit pendant qu'elle brasse les pâtes. Et si Mégane avait raison à propos de la nourriture qui leur sera servie ? Et si ce n'était pas bon ?

Sa mère lui a toujours répété de ne manger que ce qu'elle aime. Et si on lui servait des aliments qu'elle déteste ? Sophie n'aime que les légumes crus. S'il n'y a que des carottes et des choux-fleurs cuits à la vapeur, elle mourra de faim !

Sophie raconte habituellement sa journée à son père pendant le repas, mais pas ce soir. Impossible de penser à autre chose qu'à son excursion. Elle va peut-être s'ennuyer de chez elle ou se faire piquer par une guêpe. Elle pourrait tomber dans le lac pendant leur randonnée en canot.

Serait-elle capable de nager jusqu'à la rive ?

— Tu dois avoir hâte de faire ta première excursion scolaire, mon petit monstre, dit son père.

— Je pense que oui, répond Sophie en remuant ses pâtes.

Au moment d'aller au lit, Sophie s'imagine d'autres scénarios. Qu'arrivera-t-il si elle doit aller aux toilettes au cours de la nuit ? Il fera sombre dans les buissons. Elle n'a pas peur du noir, mais elle aime bien qu'il y ait une lumière tout près.

Elle s'enroule dans sa couette. Elle essaie de s'endormir, mais elle ne parvient pas à fermer les yeux. Son sac à dos produit sur le mur une ombre étrange qui ressemble à la forme d'un ours. Un gros ours avec des dents et des griffes pointues.

Son père entre dans la chambre pour lui souhaiter bonne nuit.

Si elle lui disait qu'elle ne veut plus faire l'excursion, lui permettrait-il de rester à la maison ? Elle pourrait l'aider dans son travail en taillant ses crayons...

Son père s'assoit au pied du lit et lui tend un petit paquet. Sur le dessus de la boîte, il a dessiné un monstre avec un sac à dos.

— Le monstre a l'air inquiet, fait-elle remarquer.

— Il est un peu nerveux, mais il est aussi excité, explique son père. Pourquoi ne l'ouvres-tu pas pour voir ce qu'il y a à l'intérieur ?

Sophie déchire l'emballage. Dans la boîte se trouve un crayon lumineux de couleur argent. Sophie l'allume. Il éclaire beaucoup.

L'ombre de l'ours a complètement disparu du mur.

— Lors de ma première nuit de camping, j'avais gardé une lampe de poche sous mon oreiller, confie son père. Ça m'avait aidé à ne pas avoir peur.

Sophie est étonnée. Elle ignorait que son père avait des peurs.

— Je n'aurai pas peur, dit Sophie en enlaçant son père.

Elle sait que c'est vrai maintenant qu'elle a la lampe de poche.

Chapitre quatre

Le lendemain matin, quand le père de Sophie la reconduit à l'école, plusieurs élèves sont déjà attroupés dans la cour. Deux autobus scolaires sont stationnés dans la rue.

— À demain ! lance Sophie en donnant un baiser à son père.

— Amuse-toi bien mon petit monstre, répond-il. Je vais m'ennuyer de toi.

Sophie a une boule dans la gorge tandis qu'elle le regarde tourner le coin de la rue.

Pendant un moment, elle a l'impression qu'elle va se mettre à pleurer devant tout le monde.

Elle entend soudain son nom. Mégane et Alicia sont déjà à bord d'un autobus et elles lui envoient la main... de deux vitres différentes. Elles ont toutes les deux l'air si énervées que Sophie ne peut qu'être excitée elle aussi.

Mais une fois montée dans l'autobus, Sophie découvre que ses deux amies lui ont chacune réservé une place à côté d'elles. C'est tout un problème. Sophie s'immobilise devant la porte en se demandant ce qu'elle doit faire.

Puis, elle sent une main se poser sur son épaule. C'est Mme Trudel.

— Bonjour Sophie, dit-elle en souriant. Ta mère vient de me téléphoner pour me rappeler que tu as le mal des transports. Tu devrais t'asseoir à l'avant avec moi.

Sophie rougit. Sa mère a parfois le don de lui faire vraiment honte. Elle s'apprête à dire à Mme Trudel qu'elle peut très bien s'asseoir à l'arrière quand, soudain, il lui vient une idée. Si elle s'assoit avec Mme Trudel, elle n'aura pas à choisir entre ses deux amies.

— OK, répond-elle, se sentant un peu bête. C'est une bonne idée.

Sophie se retourne en direction d'Alicia et de Mégane.

— Vous pourriez peut-être vous asseoir ensemble, suggère Sophie.

— Je vais m'asseoir avec Juliette, réplique Mégane.

— Et moi, avec Marie, ajoute Alicia.

Les deux filles changent de siège. Sophie soupire. Ce sera une journée compliquée.

Peu après le départ, quelqu'un donne un coup de pied sur le siège de Sophie. Elle tourne la tête en bougonnant et découvre qui est assis derrière elle — Philippe Leroux.

Il lui sourit et insère un doigt dans son nez. Sophie se retourne rapidement. Comment le garçon le plus dégoûtant et désagréable de l'école s'est-il retrouvé derrière elle?

Chaque semaine, Philippe invente une nouvelle façon de taper sur les nerfs de Sophie. Il lui lance parfois des avions de papier. Il lâche un gros pet et prétend que c'est elle qui l'a fait. Il fait des mimiques lorsque c'est à son tour de lire à voix haute. Ses mimiques sont tellement bizarres que les autres élèves ne peuvent s'empêcher de rire.

Tous, sauf Sophie. Elle ne les trouve pas drôles du tout.

Philippe donne un autre coup de pied sur son siège. Sophie se retourne et le regarde droit dans les yeux.

— Si tu continues, siffle-t-elle avec colère, je le dirai à Mme Trudel.

Le sourire de Philippe s'est élargi.

— Tu n'oserais jamais me dénoncer, non ? dit-il.

— Oh que si, marmonne Sophie.

Sophie sait pourtant que ce ne sont pas des menaces qui arrêteront Philippe. Heureusement, quelqu'un à l'arrière entonne une chanson de groupe. Philippe cesse de

Il est tellement fatigant !

donner des coups de pied sur son siège et se met à chanter.

Les élèves chantent sur l'air de Frère Jacques.

M. le chauffeur, M. le chauffeur,
Dormez-vous ? Dormez-vous ?
Pesez donc sur le gaz
Pesez donc sur le gaz
Ça marche pas, ça marche pas.

Quand les enfants arrivent à la fin de la chanson, ils la recommencent. C'est vraiment agaçant !

Sophie aperçoit ses amies chanter à l'arrière de l'autobus. Elle aimerait plus que jamais être assise avec elles et s'amuser.

Mme Trudel les laisse répéter la chanson au moins dix fois de suite.

Puis, elle dit enfin :

— Le prochain qui chante cette chanson devra faire le reste du trajet à pied !

Tout le monde s'arrête de chanter, mais on peut encore entendre quelques gloussements à l'arrière.

Philippe recommence aussitôt à donner des coups de pied sur le siège de Sophie. Elle soupire.

Elle a l'impression qu'ils roulent depuis des heures. Arriveront-ils bientôt ?

Chapitre cinq

L'autobus s'engage finalement sur le chemin de terre. Le lieu de camping apparaît au loin. Il est entouré de grands arbres sauvages.

Il y a un lac à l'eau claire et miroitante tout près. Sur la rive sont alignés plusieurs canots colorés.

Sophie retrouve son enthousiasme. Elle ne regrette pas d'avoir enduré ce pénible trajet d'autobus. Elle aura beaucoup de plaisir.

Mégane surgit à côté d'elle.

— Quel trou, s'indigne-t-elle. C'est encore pire que dans *Perdus*.

Sophie s'impatiente. Pourquoi Mégane doit-elle obligatoirement tout critiquer?

M. Parenteau tape des mains et demande à tous de s'approcher de lui. Sophie se tient debout entre Alicia et Mégane.

— OK tout le monde, dit-il. Je vais maintenant attribuer les tentes.

— Nous ne pouvons pas choisir? demande Alicia, étonnée.

— Pas cette fois-ci, répond M. Parenteau. Nous avons jumelé des élèves des deux classes afin que vous appreniez à mieux vous connaître.

M. Parenteau commence à nommer les élèves, et il donne une tente à chaque groupe.

— Tente numéro 12, appelle-t-il enfin. Sophie, Mégane et Alicia.

Les trois filles s'échangent des regards de stupéfaction. Elles restent immobiles, comme si elles venaient de se transformer en statues. Sophie prend la parole.

C'est terrible!

— Allez les filles, dit-elle. Nous ferions mieux de commencer à monter notre tente.

Elle prend le sac, puis toutes les trois se mettent à la recherche d'un endroit où installer leur tente.

Sophie a toujours pensé que les pires personnes avec qui partager une tente sont celles qui sentent des pieds. Ou celles qui ronflent. Ou les gens grossiers, comme Philippe.

Elle n'a jamais imaginé une seconde que les pires personnes avec qui partager une tente seraient un jour ses deux meilleures amies.

Chapitre six

Les ennuis ne tardent pas à commencer.

Alicia a déjà installé des tentes et elle explique à Sophie et à Mégane ce qu'elles doivent faire. Alicia aime bien donner des ordres. Elle devient impatiente lorsque les autres ne travaillent pas à sa façon.

— Sophie, lance Alicia, tiens ce mât.

Sophie saisit un mât.

— Non, pas celui-là, nounoune! s'écrie Alicia. Le plus court.

Sophie n'aime pas se faire traiter de nou-noune, mais elle ne dit rien. Elle veut seulement finir d'installer la tente le plus vite possible.

— Maintenant, Mégane, ajoute Alicia, tu dois tendre la corde du mieux que tu peux.

Mégane regarde Alicia.

— Je ne *dois* pas faire quoi que ce soit, siffle-t-elle.

Alicia lève les yeux vers Mégane.

— Oui, affirme-t-elle, sinon la tente va tomber par terre.

Mégane lâche la corde qu'elle tenait.

— Bien, dit-elle, j'espère qu'elle va tomber... sur ta tête !

Les oreilles d'Alicia deviennent rouges et ses lèvres se crispent. Sophie sait ce que cela signifie. Elle doit réagir — et vite — avant qu'Alicia s'emporte.

— Mégane, intervient-elle en réfléchissant, peux-tu demander des piquets supplémentaires à M. Parenteau ? Nous n'en aurons pas assez.

Pendant un court moment, Sophie a l'impression que Mégane va refuser.

— OK, accepte-t-elle. Mais c'est pour *toi* que je le fais, Sophie.

Après le départ de Mégane, la tente leur semble plus facile à installer.

— Mégane est une vraie plaie, se lamente Alicia tandis qu'elle pose les piquets.

— Elle peut parfois être déplaisante, admet Sophie.

Alicia regarde Sophie d'un air ahuri.

Sophie se porte toujours à la défense de Mégane. Mais aujourd'hui, elle lui tombe sur les nerfs. Ça lui fait du bien de se plaindre à propos de Mégane, pour une fois.

— J'étais tellement fâchée que je l'aurais attachée à l'arbre avec la corde, plaisante Alicia.

Sophie rit aussi.

— Je doute que Mégane apprécierait, affirme-t-elle. Les cordes ne sont pas assorties à ses vêtements.

Elle regrette aussitôt d'avoir dit cela. Après tout, Mégane est une amie de très longue date.

Lorsque Sophie a échoué à un examen de grammaire, Mégane a imité Avril Lavigne et a dansé durant toute la récréation pour lui remonter le moral. Le jour où Sophie a oublié son lunch, Mégane lui a donné la moitié du sien. Puis, quand Sophie dort chez Mégane, celle-ci lui laisse toujours le lit du dessus.

— Je sais que Mégane peut être déplaisante, avoue Sophie, mais elle peut aussi être très drôle et vraiment gentille.

Alicia ne dit rien, mais Sophie peut voir qu'elle ne la croit pas.

Une fois que toutes les tentes sont installées, Mme Trudel convoque tout le monde à nouveau.

— Nous ferons du canot cet après-midi, annonce-t-elle.

Excitée, Alicia agrippe le bras de Sophie.

— Il y a toutefois certaines règles à suivre, poursuit Mme Trudel. Tout d'abord, vous devez porter un gilet de sauvetage.

À ses pieds se trouve une pile de gilets de sauvetage.

— Deuxième règle, vous n'avez pas le droit d'éclabousser ni de faire chavirer les autres canots. Toute personne prise à enfreindre l'une de ces règles sera immédia-tement expulsée du lac. Compris ?

Tout le monde hoche la tête.

— Enfin, il y a une limite de deux per-sonnes par canot.

Sophie se retourne vers Mégane et Alicia. Elles la regardent toutes les deux.

— Allez Sophie, dit Mégane. Quel est ton choix ?

Chapitre

sept

Heureusement, Sophie se souvient du truc que lui a donné son père lorsqu'il doit prendre une décision embêtante. Elle fouille dans sa poche et trouve une pièce de monnaie.

— Je vais lancer cette pièce de monnaie, explique-t-elle aux autres. Si c'est face, je vais aller avec Mégane. Et j'irai avec Alicia si c'est pile.

Mégane et Alicia hochent la tête. Ça leur semble juste. Sophie lance la pièce de monnaie dans les airs et l'attrape. Face !

— Oui ! s'exclame Mégane en sautillant sur place.

Alicia hausse les épaules.

— Ça m'est égal, dit-elle en s'éloignant. Je trouverai quelqu'un d'autre.

Mme Trudel distribue les gilets de sauvetage et leur montre comment les enfiler.

Mégane fait la grimace.

— Je refuse de porter cette chose, se plaint-elle en tenant le gilet de sauvetage au bout de son bras. C'est tellement laid !

Sophie soupire. La plupart des élèves sont déjà en train de faire du canot sur le lac et de s'amuser.

— Ce n'est pas censé être beau, répond Sophie. C'est pour ta sécurité. Si tu ne l'enfiles pas, j'irai avec Alicia à la place.

Mégane décide de mettre son gilet de sauvetage.

Sophie la regarde et se met à rire.

— En fait, ça te va plutôt bien, dit-elle.

— C'est vrai ? réplique Mégane.

Sophie acquiesce d'un signe de tête. Ça ne la surprend pas. Même un gilet de sauvetage a l'air cool sur Mégane !

Tout le monde est déjà sur le lac au moment où Mégane et Sophie mettent enfin leur canot à l'eau. M. Parenteau rame à leurs côtés pour leur donner quelques trucs.

— Essayez de ramer en même temps, leur explique-t-il. Un coup de rame chacune de

votre côté vous permettra de vous déplacer
en ligne droite.

Sophie maîtrise la technique du premier
coup. Mais Mégane a de la difficulté à
s'ajuster au rythme de Sophie et le canot
tourne en rond.

Sophie commence à s'impatienter.

Mégane ne l'écoute pas, pas plus que lorsqu'elles installaient la tente.

Alicia et Marie pagayent aisément, comme si elles avaient fait du canot toute leur vie.

— C'est amusant, non? dit Alicia avec des étincelles dans les yeux.

— Non, répond bêtement Mégane. C'est plate et stupide.

Alicia et Marie regardent Mégane avec stupéfaction. Sophie est gênée — elle préfèrerait que Mégane se taise.

Soudain, des gouttelettes se mettent à tomber sur la tête des filles.

Sophie cherche des yeux les nuages. Le ciel est pourtant complètement dégagé. Que se passe-t-il? Elle entend tout à coup quelqu'un rire. Ce rire, elle le reconnaît sur-le-champ.

Philippe pagaye à côté d'elles. Il partage son canot avec Justin Houde. En le voyant, Mégane sourit pour la première fois depuis son arrivée au lac.

— Bonjour Justin! lance-t-elle en le saluant de la main.

Au moment où elle s'apprête à lui dire autre chose, les gouttes d'eau recommencent à tomber. Elles ne viennent pas des nuages, mais plutôt de Philippe.

Il enfonce sa rame dans l'eau, puis une véritable averse s'abat sur la tête des filles.

— Hé, t'as pas le droit d'éclabousser les autres! crie Sophie.

Philippe sourit.

— Qu'est-ce que tu vas faire ? demande-t-il. Me dénoncer ?

— Qu'est-ce que tu en penses ? chuchote Sophie à Mégane. Est-ce qu'on devrait le dire à M. Parenteau ?

Mégane hausse les épaules.

— Non, arrosons-le, nous aussi, propose-t-elle.

Mégane commence à éclabousser les garçons avant que Sophie ait le temps de répondre. Malheureusement, une bonne partie de l'eau se retrouve sur Alicia et Marie.

— Hé ! crie Alicia en envoyant à son tour de l'eau sur Mégane.

— Arrêtez ! ordonne Sophie en essayant de s'emparer de la rame de Mégane.

En se débattant avec Mégane, elle écla-
bousse encore plus les garçons.

Aucun d'entre eux ne se rend compte
que M. Parenteau est apparu à leurs côtés
dans son canot.

— Les filles ! Qu'avons-nous dit à propos
des éclaboussures ? s'écrie-t-il avec colère.

Sophie le regarde d'un air terrifié.

— C'était un accident, M. Parenteau, tente
d'expliquer Sophie.

— Ça ne m'avait pas l'air d'être un accident, répond-il. Vous connaissez les règles. Vous devez toutes les quatre sortir de l'eau.

Sophie a les larmes aux yeux tandis qu'elle se dirige vers la rive. Elle ne peut croire ce qui arrive.

— Ouf, quel soulagement! dit Mégane en sortant le canot de l'eau. Je n'avais tellement pas envie de faire du canot!

Alicia est à côté d'elle.

Elle a l'air fâchée. *Très* fâchée.

— *Tu* n'avais peut-être pas envie de faire du canot, commence-t-elle, mais *nous*, si. Nous attendions ce moment avec impatience.

— Tu ne penses qu'à ta petite personne, Mégane, poursuit Alicia. Tu as gâché l'excursion scolaire de tout le monde.

Mégane est en état de choc. Elle ouvre la bouche, mais elle reste muette.

Alicia place ses mains sur ses hanches. Elle n'a pas terminé.

— Je ne comprends pas que Sophie soit ton amie. Tu ne t'intéresses qu'aux vêtements.

Mégane croise les bras.

— Ce n'est PAS vrai, réplique-t-elle. Et puis, je ne comprends pas pourquoi Sophie est ton amie. Tu veux toujours tout décider !

Je n'en peux plus !

Sophie regarde ses meilleures amies se disputer. C'est à ce moment qu'elle se rend compte qu'elle n'en peut plus. Elle en a assez de toujours être coincée entre les deux.

— Vous pouvez cesser de vous disputer pour mon amitié, car j'ai moi-même décidé avec qui je devrais être amie, intervient-elle.

Alicia et Mégane s'arrêtent toutes les deux de parler. Pour une fois, elles écoutent ce qu'elle a à dire.

Sophie prend une grande inspiration.

— Je ne veux plus être l'amie ni de l'une ni de l'autre.

Elle se retourne et s'enfuit en courant.

Chapitre
huit

Chez son père, il y a dans la cour un grand arbre dans lequel Sophie grimpe lorsqu'elle est contrariée. Elle est habile pour grimper, et elle finit toujours par se sentir mieux une fois là-haut.

Alors après la dispute, Sophie repère le plus grand arbre sur le site. Elle y monte jusqu'à ce qu'elle surplombe les tentes. De là-haut, elle peut voir les enfants faire du canot sur le lac.

Elle est toujours fâchée, mais elle se sent mieux maintenant qu'elle est dans l'arbre. Combien de temps pourra-t-elle rester à cet endroit? Elle pourrait même dormir sur une branche et se tenir au tronc. Sophie songe à aller chercher son sac de couchage lorsqu'elle entend une voix qui provient du pied de l'arbre.

C'est Alicia.

— Descends, Sophie, la supplie-t-elle. Je m'excuse de t'avoir contrariée.

Alicia a vraiment l'air désolée, mais Sophie ne lui répond pas. Au moment où elle baisse les yeux, Alicia a disparu. Quelques minutes plus tard, elle entend une autre voix.

Cette fois-ci, il s'agit de Mégane.

— C'est ridicule, Sophie, avoue-t-elle. Descends de l'arbre pour que nous puissions en discuter.

— Va-t'en, lui ordonne Sophie. Je reste ici.

Puis, elle entend des bruits de pas. Quelqu'un d'autre vient la déranger. Pourquoi ne la laissent-ils pas tranquille?

— Sophie Sénécal ! Qu'est-ce que tu fais ?

Sophie regarde au pied de l'arbre. Oups ! C'est Mme Trudel, et elle a l'air fâchée.

— Tu dois servir le souper ce soir, dit Mme Trudel. J'exige que tu sois descendue d'ici une minute.

Mme Trudel peut parfois faire très peur. Sophie redescend de l'arbre sur-le-champ.

— Si tu fais une autre bêtise comme celle-là, je vais devoir te renvoyer chez toi, l'avertit Mme Trudel. À présent, va aider les autres avec le souper.

— Oui, Mme Trudel, répond Sophie.

Alicia et Mégane ont déjà commencé à servir le repas au moment où Sophie les rejoint.

Sophie s'installe entre les deux. Alicia dépose les saucisses dans les assiettes au fur et à mesure que les enfants défilent devant elle. Mégane ajoute une cuillerée de purée de citrouille. La tâche de Sophie consiste à donner une portion de petits pois à chaque personne.

Les trois filles travaillent côte à côte, mais elles ne s'adressent pas la parole.

Sophie s'en tient à distribuer les petits pois. Elle se dit qu'elle ne pardonnera jamais cette bêtise ni à Alicia ni à Mégane lorsque, soudain, elle entend un drôle de bruit.

Il s'agit d'un bruit de succion. De prime abord, Sophie ne parvient pas à définir l'origine de ce son. Elle constate par la suite qu'il se produit chaque fois que Mégane dépose de la purée de citrouille dans une assiette. Sophie regarde Mégane.

Mégane sourit et refait le bruit en aspirant l'intérieur de sa joue. C'est un bruit vraiment dégoûtant.

Sophie voudrait rire, mais elle se retient. Si elle rit, cela signifiera qu'elle n'est plus fâchée. Elle serre les lèvres pour les empêcher de se recourber. Elle regarde ensuite Alicia, qui exhibe un large sourire.

Mégane fait à nouveau le bruit tandis qu'elle dépose une cuillerée de purée dans l'assiette. Alicia rit, mais elle semble essayer très fort de se contenir.

Philippe est le suivant dans la file.

Sophie n'a pas envie de servir Philippe.

— Je meurs de faim ! affirme Philippe en tendant son assiette. J'en veux beaucoup !

Alicia regarde Sophie et lui fait un clin d'œil. Elle prend la plus petite saucisse du plateau et la dépose dans l'assiette de Philippe.

Sophie sourit. Elle sait ce qu'Alicia a en tête. Sophie dépose soigneusement cinq petits pois à côté de la minuscule saucisse, et Mégane lui donne une infime portion de purée de citrouille.

Philippe baisse les yeux vers son assiette.

— Hé! lance-t-il. Pourquoi me servez-vous d'aussi petites portions?

— Parce que tu es une grosse peste, répond Mégane.

— Mais je meurs de faim! ajoute Philippe, visiblement fâché.

— Oh, conclut Mégane, dans ce cas, nous t'en donnerons plus!

Elle prend une énorme cuillerée de purée.

Splash!

La purée de citrouille recouvre tous les autres aliments dans l'assiette de Philippe. Il y en a jusque sur les vêtements et le menton de Philippe. On dirait qu'il porte une barbe de citrouille. Ça a même giclé sur Mégane, mais ça ne semble pas la déranger.

— En as-tu assez? demande Mégane. En veux-tu plus?

Sophie éclate de rire. C'est plus fort qu'elle. Philippe a tellement l'air rigolo avec son menton dégoulinant de purée. Elle relâche enfin tous les fous rires qu'elle avait refoulés jusqu'à présent. Alicia rit aussi.

Bientôt, les trois filles rient si fort qu'elles ont peine à reprendre leur souffle.

Philippe pose les yeux sur son assiette de purée de citrouille. Pendant un moment, Sophie a l'impression qu'il est fâché. Mais il réagit plutôt d'une façon à laquelle Sophie ne s'attendait pas — il éclate aussi de rire.

Il continue de rire tandis qu'il s'éloigne, le menton encore dégoulinant de purée.

Sophie n'arrive pas à le croire. Pour une fois, Philippe Leroux ne semble pas savoir comment répliquer.

Chapitre neuf

Après avoir tant ri ensemble, il serait insensé que les filles ne s'adressent pas la parole.

— C'est la chose la plus drôle que j'ai vue de toute ma vie, avoue Sophie.

— Moi aussi, ajoute Alicia en se tenant le ventre. J'ai un point sur le côté.

Elle regarde Sophie.

— Es-tu encore fâchée ? demande-t-elle.

— Non, répond Sophie en secouant la tête.

— Je m'excuse de t'avoir crié après, dit Alicia à Mégane en donnant des coups de pied sur des cailloux. Je suppose que je suis jalouse parce que tu es la plus vieille amie de Sophie.

Mégane sourit.

— En fait, je suis jalouse parce que tu es sa nouvelle amie.

Sophie les regarde toutes les deux, étonnée. Jamais elle n'aurait imaginé que c'était là que se trouvait le problème.

Mme Trudel les rejoint.

— Assurez-vous aussi de prendre votre repas, dit-elle. Mais faites vite ! La fête commence bientôt. Je vous rappelle que la thématique est l'espace.

La fête !

Sophie avait oublié.

Après le départ de Mme Trudel, les filles examinent les restants. Ça n'a pas l'air appétissant. Les saucisses sont froides, les pois sont tout ratatinés et la purée de citrouille est trop liquide.

Sophie a soudain une idée.

— Et si, à la place, on mangeait les crous-tilles que j'ai dans mon sac? suggère-t-elle.

Mégane approuve d'un signe de tête.

— Cool! J'ai des biscuits et du chocolat. Et toi, Alicia?

Alicia secoue la tête de gauche à droite.

— Je n'ai rien apporté.

— Rien du tout? demande Mégane.

Alicia a l'air gênée.

— Seulement des raisins secs. Ma mère n'achète jamais de friandises.

— Ça fera très bien l'affaire pour notre festin, affirme Mégane. *J'adore* les raisins secs !

Sophie ne dit rien. Elle sait que Mégane ment à propos des raisins secs, mais elle est heureuse qu'elle ait fait un « pieux mensonge », comme dirait sa mère, pour aider à arranger les choses.

Les filles étalent la nourriture dans la tente et commencent à manger. Elles ont toutes très faim. Mégane grignote même quelques raisins secs, mais Sophie remarque qu'elle prend une croustille immédiatement après.

— Bon, dit Mégane lorsqu'elles ont tout engouffré. Comment devons-nous nous habiller pour la fête?

Sophie pense aux vêtements qu'elle a apportés. Elle n'a rien qui soit assez chic.

— Nous ne pouvons pas y aller habillées comme ça? l'interroge Alicia.

Mégane secoue la tête.

— Bien sûr que non! Nous devons nous vêtir convenablement, insiste-t-elle.

— Mais je n'ai rien apporté d'autre, dit Sophie.

— Moi non plus, souligne Alicia.

Mégane prend son sac dans la tente et elle l'ouvre. Il déborde de vêtements de toutes les grandeurs et de diverses couleurs.

— Une chance que j'y ai pensé, rigole-t-elle.

Mégane saisit un chandail brillant et une jupe assortie de couleur argent pour Alicia.

Alicia regarde l'ensemble d'un air hésitant.

— Je doute que ce soit ma taille, dit-elle.

— Essaie, tu verras ! répond Mégane.

Alicia enfile les vêtements. Ils lui vont à merveille.

— De quoi ai-je l'air ? demande timidement Alicia.

— Super! s'exclament Sophie et Mégane en même temps. C'est la vérité. Le chandail est magnifique sur Alicia. Il fait ressortir ses yeux.

Mégane trouve ensuite pour Sophie un chandail noir recouvert d'étoiles de couleur or ainsi qu'un pantalon noir et une ceinture dorée. Sophie n'a jamais rien porté de tel auparavant.

Une fois qu'elles sont toutes les deux vêtues, Mégane dit :

— Il faut maintenant vous maquiller.

Elle retire un grand étui rose de son sac à dos. À l'intérieur se trouvent une centaine d'échantillons de maquillage que sa mère lui a rapportés du travail.

— Essayez ça, propose Mégane en tendant un petit pot argent à Sophie et à Alicia.

Il s'agit d'un brillant à lèvres rose à senteur de pêche. Alicia et Sophie enfoncent leur doigt dans le pot et appliquent le brillant sur leurs lèvres.

— Et celui-ci, c'est pour vos paupières, dit Mégane en tendant un autre pot vers elles.

Il contient de l'ombre à paupières de couleur argent. Elle demande aux filles de fermer les yeux pendant qu'elle le leur applique.

— Vous devez commencer par l'intérieur de la paupière, puis vous l'étendez vers l'extérieur, explique-t-elle.

Lorsqu'elle a terminé, Alicia et Sophie se regardent l'une et l'autre.

— Tu as l'air plus vieille! dit Sophie à Alicia.

— Toi aussi ! affirme Alicia. Tu es totalement différente.

Sophie aimerait voir à quoi elle ressemble. C'est la première fois qu'elle porte autant de maquillage. Elles entendent soudain de la musique au loin.

— C'est commencé ! s'écrie Mégane en se relevant. Allons-y.

Le chandail de Mégane est encore taché de purée de citrouille.

— Ah oui, j'allais oublier, dit Mégane.

Elle prend le brillant à lèvres et l'applique en vitesse, avant de secouer son chandail avec ses mains. Elle parvient à enlever une partie de la purée, mais plusieurs morceaux restent collés.

— OK, je suis prête, lance-t-elle en sortant de la tente.

Alicia et Sophie la suivent.

— Tu sais, dit Alicia à Sophie, j'ai toujours détesté me maquiller et m'habiller chic. Mais je dois avouer que c'est plutôt amusant.

— Ouais, n'est-ce pas ? réplique Sophie.

Chapitre dix

Sophie a le souffle coupé lorsqu'elle aperçoit l'endroit où se tient la fête. Quelqu'un s'est donné beaucoup de mal pour les décorations. Des lunes et des étoiles argentées accrochées aux branches scintillent lorsque le vent les fait bouger. Des serpentins sont enroulés autour des troncs d'arbres et le sol est parsemé de confettis brillants.

C'est presque magique.

M. Parenteau a placé sous un arbre la chaîne stéréo portative de l'école et fait jouer la musique à tue-tête.

Plusieurs enfants sont déjà arrivés, mais aucun d'entre eux ne danse — ils se tiennent tous debout autour de la piste de danse, visiblement gênés. Mégane agrippe Sophie et Alicia par le bras.

— Venez! Allons-y en premier, insiste-t-elle.

— Je ne danse pas bien, rouspète nerveusement Alicia tandis que Mégane l'entraîne sur la piste de danse. Je vais vous regarder faire.

Mégane secoue la tête.

— Il n'en est pas question! Tu peux danser. Tout le monde le peut. Tu n'as qu'à faire comme moi.

Sophie se joint à Mégane, qui a commencé à danser. Elle se sent ridicule, mais elle finit par être plus à l'aise au fur et à mesure qu'elle danse.

— Viens Alicia, dit Sophie. C'est amusant. Je t'assure.

Alicia se met donc à danser. Elle est comique. Elle bouge les bras très rapidement. On dirait que des fourmis la chatouillent sous son chandail.

Sophie est sur le point de partir à rire, mais Mégane lui écrase le pied.

— Aïe ! s'écrie Sophie en sautillant.

Mégane lui fait les gros yeux.

— Ne ris pas, chuchote-t-elle. Sinon, Alicia va abandonner.

Sophie hoche la tête. Mégane a raison.

Il faut peu de temps à Alicia pour saisir la technique, et bientôt, elle danse aussi bien que Mégane et Sophie.

— Hé ! s'exclame-t-elle après un moment.

C'est vrai que c'est amusant !

En voyant rigoler Sophie, Mégane et Alicia, les autres enfants se dirigent graduellement vers le plancher de danse.

Bientôt, tout le monde danse — même Mme Trudel et M. Parenteau.

Alicia connaît les paroles de toutes les chansons. Sophie et Mégane sont étonnées — elles ne savaient pas qu'Alicia aimait la musique populaire.

— Connais-tu ce groupe, Alicia ? demande Mégane.

— Oui, c'est *X-Press*. Ma sœur a leur album.

— Les membres du groupe sont *tellement* mignons, ajoute Mégane. N'est-ce pas ?

Alicia rougit.

— J'ai posé une affiche d'eux sur le mur de ma chambre, avoue-t-elle.

— Cool! dit Mégane. J'aimerais bien la voir.

Sophie ne peut s'empêcher de sourire. Mégane et Alicia ont des points en commun!

— Hé! Regardez-moi! lance Sophie en faisant un tour sur elle-même.

Lorsqu'elle s'arrête de tourner, elle se trouve nez à nez avec Philippe Leroux. Ça doit faire un moment qu'il est derrière elle.

Waouh! Mes amies s'entendent bien!

— Salut, bégaye-t-il.

— Va-t'en, ordonne Sophie en lui tournant le dos.

— Attends, l'implore Philippe. J'ai quelque chose à te dire.

Il semble sérieux, pour une fois.

— Quoi ? demande Sophie.

Elle lui donne 10 secondes, pas une de plus.

— Je suis désolé d'avoir gâché votre excursion en canot. Je n'ai pas voulu vous attirer d'ennuis, explique Philippe.

Sophie le regarde d'un air méfiant. Elle s'attend à ce qu'il se mette à rire ou qu'il lui dise qu'il l'a bien eue.

Mais ce n'est pas le cas.

— C'est vrai ? s'étonne-t-elle.

Philippe hoche la tête.

— Ouais, affirme-t-il. J'ai réfléchi à ce qui s'était passé pendant que je mangeais ma purée de citrouille. J'ai donc tout raconté à M. Parenteau, et il m'a promis de vous emmener faire du canot demain.

Sophie ne sait quoi répondre. Philippe se serait-il enfin décidé à poser un beau geste ? Il ne sait rien faire d'autre que d'embêter les gens. Et maintenant, il est devant elle avec une expression que Sophie n'a encore jamais vue sur son visage.

Il a l'air désolé.

— Merci Philippe, répond Sophie en souriant. C'est très gentil.

Lorsque Sophie se retourne vers ses amies, celles-ci sont curieuses de savoir ce qu'ils se sont dit. Elles n'arrivent pas à croire ce que Philippe a fait.

— Tu sais, dit Mégane, Philippe ressemble un peu à un des gars de *X-Press*. Et il danse bien, aussi.

Philippe est allé rejoindre ses amis. Sophie le regarde du coin de l'œil. En fait, Mégane a à moitié raison — Philippe danse bien. Cependant, il n'a rien d'un chanteur populaire aux yeux de Sophie !

Alors qu'elles s'arrêtent pour prendre une pause, M. Parenteau vient leur parler.

— Qui a envie de faire du canot demain ? les interroge-t-il.

Sophie regarde nerveusement ses amies.

— Sophie, tu devrais y aller avec Alicia cette fois-ci, propose Mégane.

Sophie serre son amie dans ses bras.

— Merci Mégane, se réjouit-elle. Tu n'aimes pas faire du canot, de toute façon.

— À vrai dire, ajoute Mégane, je commençais à aimer ça à la fin. Je vais peut-être me réessayer avec Juliette demain. Avec un peu de pratique, je finirai sûrement pas saisir la technique !

Une nouvelle chanson commence à jouer.

— Venez, nous devons *absolument* danser sur celle-là! s'écrie Alicia avant d'entraîner Mégane et Sophie sur le plancher de danse.

Elles dansent jusqu'à ce que les piles de la chaîne stéréo soient mortes. Elles se dirigent ensuite péniblement vers leur tente, les jambes et les bras endoloris, et la gorge en feu d'avoir trop chanté. Il fait très sombre dans la tente.

Sophie repère facilement son sac de couchage, mais elle entend les autres se bousculer et se heurter dans le noir.

— Je suppose que mon pyjama a rapetissé, observe Mégane.

Sa voix est étouffée.

— Quel est le problème avec mon sac de couchage ? se questionne Alicia.

Sophie se souvient soudain du cadeau que lui a offert son père. Elle prend sa lampe de poche sous son oreiller et l'allume. Elle éclate de rire en voyant les deux filles.

Mégane a mis le pantalon de son pyjama sur sa tête, et Alicia essaie de s'enrouler dans son sac à dos !

Sophie dépose la lampe de poche à l'entrée de la tente.

— Je vais la laisser ici, au cas où l'une d'entre nous en aurait besoin cette nuit, rigole-t-elle.

Bien que Sophie soit épuisée, elle ne parvient pas à s'endormir sur-le-champ. Elle réfléchit aux évènements de la journée. Mégane y pense sûrement aussi.

La voix de Sophie s'élève dans le noir.

— Je n'arrive pas à croire que nous n'avons passé qu'une seule journée ici. On dirait que ça fait plus longtemps.

— Tu as raison, dit Alicia. Quel a été votre moment préféré, les filles ?

— La fête, sans aucun doute, répond Mégane. Mais notre festin dans la tente n'était pas mal non plus. Et toi, Sophie ?

Sophie réfléchit pendant un moment. Elle se rappelle le trajet en autobus, l'excursion en canot et leur dispute. Elle pense aussi à la barbe en purée de citrouille de Philippe, aux préparatifs pour la fête, à la musique et à la danse.

Puis elle se rend compte que tout ce qu'elle a toujours souhaité semble enfin se réaliser. Ses amies s'entendent bien.

— J'ai tout aimé, avoue-t-elle. Chaque minute.

Et elle le pense vraiment.

Anaïs

Imprimé au canada